Vorwort

2016 und 2017 waren für mich sehr aufregende Jahre. Ich durfte zum ersten Mal für das Goethe-Institut in Metz und Paris auftreten und sammelte viele neue Erfahrungen auf- und außerhalb der Bühne.

Ich konnte endlich mein Studium abschließen, das durch Poetry Slam etwas in den Hintergrund rücken musste, aber dennoch nie ganz aus meinem Prioritätenfeld verschwand.

Durch Poetry Slam durfte ich unglaublich viele bewundernswerte Menschen kennenlernen. Dafür bin ich sehr dankbar.

Überhaupt habe ich Poetry Slam sehr viel zu verdanken. Ich hätte nie gedacht, dass ich irgendwann das Privileg genießen dürfte, meine Gedichte vor tausenden Menschen vorzutragen, dafür Anerkennung und positive Energie zu bekommen.

Dieses Buch ist eine Auswahl der Texte von 2016 und 2017, die ich am häufigsten auf der Bühne vorgetragen habe.

Ich muss leider anmerken, dass es mir sehr schwerfiel, eine passende Form für die Texte zu finden, die auf der Bühne so leicht und rhythmisch klingen. Auf Papier sträuben sich die meisten Texte und erscheinen in meinen Augen nicht gänzlich fertig. Es fehlen die Betonungen, die Pausen, die Aussprache und so vieles Mehr, was einen guten Poetry Slam Text ausmacht. Nichtsdestotrotz musste ich einen Kompromiss finden. Ich habe mich für die klassischen Verszeilen entschieden und die Texte größtenteils nach Silbenzahl geordnet.
Allen, die die Texte aber in voller Entfaltung ihrer Qualität erleben möchte, rate ich zur Audioversion, die es spätestens Anfang 2018 auf CD oder USB-Stick bei meinen Auftritten oder online zu kaufen geben wird.

Und nun viel Spaß beim Lesen und vielen Dank, dass Du dieses Buch gekauft hast.

Artem, 29.11.2017, Kaiserslautern

Adoptivsprache (Heimat)

11.04.1923 wird mein Opa geboren,
in der Sowjetunion.
Kleine Stadt Krementschuk,
zwischen gelben Weizenfeldern
unter einem blauen Himmel,
der mit Wolken reich besät war.
Denn die Zeiten waren schwer,
zwischen jenen großen Kriegen
musste jeder alles geben,
um ein wenig Brot zu kriegen.
Und sein Vater baute Fässer –
Hände groß dem Bären gleich.
Jeder Ring von seinem Finger
hätt bei mir für zwei gereicht.
Die Familie spricht Jiddisch.
Russisch gibt es nicht zu Haus.
Brockenweise, auf der Straße,
schnappt der Junge Wörter auf.
Bis er schließlich in der Schule
lernen muss, was fremd sein heißt,
weil er nicht so gut wie andre
diese fremden Sätze weiß,
die für alle selbstverständlich
und letztendlich unumgänglich sind.
Sind sie doch von ihren Müttern
sprechend für ihr Kind bestimmt.
Doch er lernt und kann bald sprechen
wie die anderen es tun.
So vergehen viele Jahre

und es reicht am Ende zum
Abschluss. Klassenbester.
Lauter Einsen auf Papier.
Doch was nützen lauter Einsen,
wenn der Krieg sein Wort diktiert?
So passiert, dass nur zwei Tage
nach dem Abschluss der Befehl
“Alle Männer an die Waffen“
seine heile Welt befällt.
Die Familie muss fliehen.
Flüchtlingsströme wandern aus.
Suchen hinter Bergen Ruhe
und ein friedliches Zuhaus.
Viele sind noch dort geblieben,
doch mein Opa kam zurück.
Nach dem Krieg beginnt das Leben,
das uns tötet Stück für Stück.

Die Zeit packt meine Koffer schon so lang,
bevor ich geh.
Meine Heimat ist nicht greifbar,
ich begreife, was ich seh.
Was ich seh, ist, was ich werde,
was ich fühle, was ich bin.
Gestern schrieb ich meine Zukunft.
Heute macht sie endlich Sinn.

04.02.1989 wird ein Junge geboren.
Zwar noch knapp, aber ja, in der Sowjetunion.
Dieser Junge lernt zu laufen
und die Sprache seiner Eltern.

Erste Jahre waren herrlich
und Probleme gab es selten.
Und ich weiß noch ganz genau,
wie ich in den Himmel schau:
Weiße Wolken ziehn vorüber
und der Himmel endlos blau.
Unser Hof – unendlich groß.
Ich verstecke mich auf Bäumen.
Unbekümmert fliegt mein Lachen
zwischen Häusern. Träume schäumen
auf wie Wellen,
die das Salz des Lebens spritzen.
Ich weiß nicht, was Heimat ist.
Siehst du meine Augen blitzen?

Ohne Wissen, ohne Fragen,
Theorie und Grübelei
ist mir diese Zeit geblieben.
Doch sie war schon bald vorbei.
Und mich fragte damals niemand –
so begann ein neues Leben.
Mit fünf riesengroßen Taschen
nahm der grüne Zug uns mit
und nur ein paar Tage später
macht ich meinen ersten Schritt
in Berlin, der Bahnhof – riesig,
mir war damals noch nicht klar,
dass ich nun ein Fremder war,
der erst lernen muss zu sprechen,
und selbst schon wenn er sprechen kann,
heißt es nicht, dass man versteht,

was ich meint, wie es ihm geht.
Worte sind nur minimale
Laute, Zeichen und Signale,
die für Alltagssorgen reichen.
Was dann bleibt sind noch die gleichen
Missverständnisse und Fragen,
die die Worte überragen.
Und ich merkte, dass ich anders klinge,
anders bin,
dass ich all die neuen Worte
nicht mehr sagenswürdig find.

Und so schwieg ich,
und so blieb ich
lang allein mit mir und dem,
was sich Jahr um Jahr verschärfte
und es wurde zum Problem.
Schule stand nun auf der Kippe,
doch ich schwieg und schwieg und schwieg.
Und sie fragten und ich nickte –
Ja und Nein, was mir noch blieb.
Mir war alles so egal.
Abitur – probiern wirs mal.
Wenns nicht klappt, mein Gott,
dann klappts nicht,
dann werd ich halt Bauarbeiter
oder stehe dann am Band,
fahre Taxi oder Laster
und füll so den Mund per Hand.
Denn am Ende ist's egal,
was ich werde, was ich bin.

Leben wird zum Existieren,
hat man keinen Lebenssinn.

Ich wollt schreiben,
ich wollt reimen,
ich wollt allen Leuten zeigen,
dass ich mehr bin als ein Fremder,
unverstandner Ausländer.
Dass ich Sinn an Worte bind
und mit ihnen Schönheit find.

Und nun steh ich hier und spreche
als ein Beispiel für Erfolg;
dass man alles schafft mit Willen,
wenn man seinen Träumen folgt.
Doch egal wie gut ich schreibe,
wie gut ich die Zeilen reime,
ich bleib immer fremd und stumm.
Heute reicht es vielleicht zum
Lob und Schulterklopfern.
Morgen bin ich wieder weg.
Weil gerade wieder brauner Unrat
dieses Land befleckt.

Wenn ich diese Worte spreche,
klingen sie natürlich fremd.
Der Akzent klingt nach in Ohren,
der den Klang vom Inhalt trennt.
Ich bin Flüchtling, Asylant,
der hier eine Heimat fand.
Ich bin keine Zahl und Summe,

die der Steuerzahler zahlt.
Ich bin Mensch genau wie jene,
die gerade an den Grenzen
um ihr Recht auf Leben kämpfen.
Meine Stimme spricht für sie.

Angst ist menschlich und verständlich.
Doch wir sind viel mehr als Angst.
Was uns heute helfen kann?
Menschlichkeit und Mut zu wachsen.

Was wir sehn, ist, was wir werden,
was wir fühlen, was wir sind.
Gestern schrieb ich meine Zukunft.
Heute macht sie endlich Sinn.

Angst

Du wirst geboren – alles gut.
Die schöne Frau, die dich umsorgt,
dir Wärme, Liebe, Nahrung borgt.
Die Welt ist groß und wunderbar.
Und selbst wenn heut was Blödes war …
schon morgen ist's vorbei.
Du lebst und liebst so unbeschwert.
Ein Kind, das seine Welt erfährt,
erfühlt und glücklich ist.

Und dann komm ich.

Ich bin das Zögern vor der Tür.
Das fremder werdende Gefühl.
Je länger du mein Flüstern hörst,
desto lauter werden Zweifel groß.
Der große Hund, der böse bellt.
Dank ihm gehst du nicht raus.
Die Decke schützt dich wärmend schwer
und heut bleibst du zu Haus.
Ich lasse dich die Stille spürn.
Du bist allein und schwach.
Und keiner holt dich aus dem Griff
der Krallen meiner Macht.

Weißt du noch damals in der Schule?
Beim Referat?
Ich war dabei!
Wie alle schauen und warten

und der Moment geht nie vorbei.
Das Schwitzen, Stottern, wie sie lachen …
Sie lachten nicht?
Aber sie hätten lachen können.
Ich malte dir im tiefsten Grau
die Zwangsjacke, die Schöne.
Ich blieb bei dir, du sagtest nichts
und ich verstand dich stumm.
Ich saß bei dir und tat dir leid.
Und werd es immer tun.
Ich sage dir: Du bist allein
und wirst es immer sein.
Mit jedem Tag, der still vergeht,
errichtest du den Schrein,
der mir gebührt, mich ehrt und nährt –
was wissen die denn schon?
Ich bin dein Freund, allein dein Freund.
Dein Schweigen ist mein Lohn.

Ich nahm dir deine erste Liebe.
Dank mir hast du kein Wort gesagt.
Wir waren uns doch immer einig:
Du warst es, wo der Fehler lag.
Und immer noch bist du der Fehler.
Deswegen läuft dein Leben schief.
Deswegen lebst du lieber sicher.
Ich war es, die die Geister rief.

Das Abitur hab ich erlaubt.
Doch dann wurds wieder Zeit
für meinen Rat, für Sicherheit,

wenn keine Freiheit bleibt.
Dein Studium, der Job – es quält dich? Ja?
Genau so muss es sein!
Was bist du wert?
Nichts mehr als Angst um deinen nächsten Schein.
Sie erwarten es von dir,
Eltern, Freunde, deine Lieben,
du musst immer funktionieren,
die Mundwinkel nach oben schieben.
Und schön lächeln.
Und nicht jammern.
Denn die Hölle sind die andren.

In deinem kleinen Lebenslauf
schieb ich die Lücken breit.
Bewirb dich, sei flexibel, fleißig,
friss die Phrasen!
Bück dich hoch!
Und dann feuern sich dich doch.
Ich häng an Geld und Arbeitsplatz.
Ich bin der Status quo.
Ich änder nichts, ich bin konstant,
und es bleibt immer so.
Dein ganzes Leben ist ein Witz. –
Sie lachen über dich.
Du bist der Fehler,
ja, nur du!
Vertrau und hör auf mich.

Ich steige in dir langsam auf
und schäle dich von innen aus.

Die Decke schützt dich wärmend schwer
und heut bleibst du zu Haus.
Ich lasse dich die Stille spürn.
Du bist allein und schwach.
Und keiner holt dich aus dem Griff
der Krallen meiner Macht.

Ich schreibe Nachrichten, die News,
Der Terror ist mein Werk.
Milliarden Seelen fürchten mich,
denn ich bin das, was zählt.
Ich bin Instinkt, Erfahrung, Last.
Ich schaffe Depression.
Guck wie sie siechen, psychisch lahm,
dem Grabe näher schon,
als jeder Regung von Gefühl. –
Sie wandeln Zombies gleich.
Betäuben sich und leugnen mich –
ich bin es, die verzeiht.
Wer braucht schon Freiheit? Sie ist Last.
Entscheidungen verwirren.
Ich hänge Schlösser an die Tür,
die Handschellen – sie klirren.
Die Überwachung lückenlos.
Sie denken, dass ich so verschwinde.
Doch ich komm nicht von außerhalb.
Ich bin in dir, ich bleib in dir.
Du, das vernunftbegabte Tier,
beißt in die Stäbe deines Käfigs.
Ich steige in dir auf und quäl dich
von innen aus.

Die Decke schützt dich wärmend schwer
und heut bleibst du zu Haus.
Ich lasse dich die Stille spürn.
Du bist allein und schwach.
Und keiner holt dich aus dem Griff
der Krallen meiner Macht.

Erzähle niemandem von mir.
Nur so bleib ich bei dir.
Ich schütze dich.
Ich halte dich.
Egal, was auch passiert.
Vertraue mir. Ich bin dein Freund.
Was wissen die denn schon?
Ich bin die Angst. Nur deine Angst.
Dein Schweigen ist mein Lohn.

Hässlich

Du bist hässlich! Richtig hässlich.
Schau wie deine Schultern hängen
und die Büschel untern Armen
schwarz den Stoff nach außen drängen.

Du bist hässlich! Richtig hässlich.
Deine Mutter tut mir leid.
Denn vom Kinderwunsch zum Selbstmord
ist es wegen dir nicht weit.

Du hast Pickel in der Fresse,
die zu Kratern explodieren
und dann Eiter spuckend platzen
und den ganzen Saft verschmieren

über deine beiden Backen.
Hmm, man müsste dich für paar Tage
in ein Clearasilbad packen.

Alter Schwede, bist du hässlich!
Und dann schreibst du noch Gedichte.
So ein Opfer gibts nur einmal
in der menschlichen Geschichte.

Und dann gehst du noch auf Bühnen,
um dich richtig zu blamieren.
Stehst dann da und zitterst ängstlich,
weil dich alle anvisieren.

Liest vom Blatt aus deinem Leben,
irgend so nen Herzschmerz Müll.
Und der Saal verharrt in Ehrfurcht
und ist fünf Minuten still?

Ich erzähl euch die Geschichte
eines Jungen ohne Träume.
Dessen Leben trafen Beben
und zerstörten jene Räume,
die als Kind so wichtig sind,
die voll Liebe, Wärme, Schutz
jeder kleine Mensch zum Wachsen
und erwachsen werden nutzt.
Seine Mutter war alleine,
denn sein Vater war noch jung,
als die Nachricht seiner Ankunft
ihn erreichte, war der Schwung
seiner Angst vor dieser Hürde,
ja, der Vaterschaft entgegen,
wohl zu stark, so fiel er um,
und entschied sich dann zu gehen.
Keine Träne weinte sie
diesem Samenspender nach.
Weil ihr einziges Bestreben
ihrem kleinen Wunder galt.

Wenig Zeit, zwei Jobs, ein Leben
zwischen Arbeit, Pflicht und Hast.
Doch sie wollte nur das Beste,
dass ihr Junge nichts verpasst.
Dass er mehr vom Leben hat,

als nur Sorgen um das Geld.
Dass er eines Tages glücklich
und erfüllt geht durch die Welt.

So verbracht er viele Tage
bei den Großeltern und dann
wurde langsam aus dem Jungen
schon ein kleiner, fescher Mann.
Seine Oma lehrt ihn nähen
und bekocht ihr großes Glück.
Und der Opa zeigt ihm Bücher,
deren jedes ihn entzückt.
Und er liest von Zauberwelten,
großen Helden, kleinen Feen.
Und vergisst die Welt um sich
und das hässliche Geschehen.
Denn die Schule mag er nicht –
er wird immer so gehänselt.
Wegen seiner alten Hose und der Akne,
die ihn sprenkelt.

Und so lernt er ziemlich früh,
du bist das wert, was dein Schuh,
deine Hose, deine Jacke wert sind,
es ist schön und gut,
in der Masse anzukommen,
angenommen und verschwommen
in der Gruppe untergehn,
damit sie die Angst nicht sehn.

Gruppenzwang ist integriert,

kulturell bedingt und stirbt
niemals aus, weils jeder braucht,
klare Regeln fürs Gehirn.

Schnitt

Die Bühne:
Menschen tuscheln,
flüstern, deuten
mit den Fingern frisst die Meute
und die Blicke spucken Galle:

„Du bist hässlich, richtig hässlich.
Geh mir weg mit deinen Reimen.
So was will doch keiner hören,
geh allein nach Hause weinen."

Schnitt

Der Schulhof:
Kinder tuscheln,
flüstern, deuten
mit den Fingern frisst die Meute
und die Blicke spucken Galle:

„Hässlich, hässlich, du bist hässlich.
Missgeburt, du müffelst grässlich.
Geh doch sterben, keinen juckts.
Nicht die Mädchen, nicht die Jungs."

Schnitt

Das Video seines Auftritts
wird bei youtube hochgeladen.
Tausend Menschen klicken drauf,
Worte, die sie offenbaren.
Anonyme Hasstiraden,
die sich ungebremst entladen.
Kommentare füllen Spalten,
zwischen Augen, Fingern, kalten
empathiebeschränkten Herzen,
tippen Menschen nicht im Scherzen,
Kommentare voller Missgunst,
oberflächlichem Geplänkel:

„Du bist hässlich, richtig hässlich.
Schau wie deine Schultern hängen
und die Büschel untern Armen
schwarz den Stoff nach außen drängen.
Du bist hässlich, richtig hässlich ...“

Schnitt

In seinem Kopf ist Stille.
Keine Stimmen, die ihn hänseln.
Keine blöden Kommentare,
die nichts deuten und nur hinsehn.
Nein, da ist nur dieses Mädchen
und der Brief, den sie ihm schrieb.
Ein paar ehrlich schöne Zeilen,
deren jede bei ihm blieb:
„Hi, mein Name ist Rebeca,
ich bin 14 Jahre alt.

Ich hab dich beim Slam gesehen
und da dacht ich einfach halt,
dass ich dir erzählen müsste,
dass du einfach klasse bist
und dein Text von diesem Jungen,
dessen Umwelt hässlich ist
und ihn hänselt und verachtet,
mir geholfen hat zu leben.
Ich bin anders als die andren
und ich werd gemobbt deswegen.
Ich geh auch nicht gern zur Schule.
Jeder Tag ist eine Qual.
Du hast recht,
den meisten Menschen ist das Innere egal.
Sie sehn nur die Oberfläche,
Markensachen, das Gesicht.
Und so treffen sie ihr Urteil.
Mehr zu sehen brauchen sie nicht.
Du hast Mut. Du hast Courage,
weil du auf der Bühne stehst
und trotz aller Kommentare
weiter deine Träume lebst.
Mache weiter! Du bist klasse!
Weil du Herz und Seele hast.
Gegen deren purer Schönheit
jedes Topmodell verblasst.
Du hilfst Menschen, die dich hören,
so wie's kaum ein andrer könnt.
Du bist eigenartig menschlich
und das macht dich wirklich schön.

Im Augenschein

Sie war lang nicht unterwegs,
mit dem Auto, das sie stets
lieber stehen lässt und geht,
weil sie Wert auf Umwelt legt.

Die Nacht senkt leise ihre Hand
über den stillen Waldesrand.
Und sie greift fester um das Rad,
das sie zum Lenken vor sich hat.
Sie fährt nicht schnell,
denn sie vertraut
dem klammen Licht
der Lampen nicht,
die nur paar Meter vor dem Wagen
einen kleinen Kegel fülln.
Und leise kann sie etwas spürn;
ein Unbehagen,
ein Gefühl,
Intuition?
Wer weiß das schon?
Die Dunkelheit spricht selten klar.

So fährt sie konzentriert dahin,
Minuten kreisen, werden Stunden
zum monotonen Radiosummen.
Die Charts kennt sie schon rauf und runter
und singt ein wenig mit,
um ihrer Stimme das zu rauben,

was im Gehirn als Zweisamglauben
das kleine Herz beruhigt.
Die Augen werden langsam schwer.
Der Motor brummt so schläfrig müde.
Als ob er etwas sagen würde:
"Schlaf ein, mein Kind, schlaf ein."

Und die Gedanken fliegen weit,
von Zukunft zur Vergangenheit.
Erzählen Narben, flehen Wünsche.
Sehnsüchte, die sie haben würde,
wenn die Enttäuschung sie nicht geißeln
und wunschlos werden ließe.

Wenn ich die Augen heute schließe,
hinter den Lidern liegt ein Bild.
Zu viel, um es nicht zu erwähnen.
Zu wenig, um es zu erklären.
Ich sehe nicht, was wirklich war.
Nur das, was sie mir offenbart,
und die Geschichte dieser Fahrt
verblasst und bleibt ihr Traum.

Es ist nicht weit zu ihrem Ziel.
Auf Schildern werden Zahlen schmaler
und zwischen Bett und Lieblingsbuch,
mit Tee,
ist sie im Kopf schon längst zu Hause.
Vertraute Orte kommen nah,
tauchen kurz auf
und schwinden wieder in der Nacht,

die alles in ihre weites Kleid der Stille hüllt.
Und etwas Frieden schlummert in ihr unruhig.

Da leuchten plötzlich rote Lichter auf.
Ein Wagen drosselt seinen Lauf.
Er kommt zum Stehn. Der Motor aus.
Da pocht ihr Herz ein wenig schnell.
Ein wenig Angst steigt in ihr auf.
Sie bremst
und schlägt das Lenkrad ein.
Schleicht wie in Zeitlupe vorbei
und überlegt, ob sie hier halten, helfen sollte.
Nein!
Sie ist allein und wer weiß schon,
wer dieser Mann im Wagen ist.
Sie sieht ja nicht mal sein Gesicht.
Die Dunkelheit spricht selten klar.
Doch vor dem Wagen sieht sie starr,
was grad der Grund zum Halten war.

Wenn ich die Augen heute schließe,
hinter den Lidern liegt ein Bild.
Zu viel, um es nicht zu erwähnen.
Zu wenig, um es zu erklären.
Ich sehe nicht, was wirklich war.
Nur das, was sie mir offenbart,
und die Geschichte dieser Fahrt
verblasst und bleibt ihr Traum.

Ich frage sie:
„Was weißt du noch, was hast du dort gesehen?“

Sie überlegt kurz, sammelt sich
und schildert das Geschehen:

„Als ich vorbeifahr, seh ich da, am Straßenrand,
fest in das Abblendlicht gebannt
ein Reh,
das um sein Leben ringt,
die Brust, die auf und niedersinkt
vermute ich nur vage.
Denn alles, was ich seh, ist diese tiefe Klage,
die seinen Augen entfährt,
von Fluchtreflex und Angst genährt,
hebt es den Kopf und schaut mich an.
Bevor's endgültig niedersinkt.

Und es war wirklich ein Moment,
ein Blick, der sich so tief einbrennt,
dass ich ihn heut noch sehen kann,
Hilflosigkeit und Tod verwandt
in Augen, unschuldig und tief,
wie man sie nur bei Kindern sieht.

Doch wer bedauert dieses Tier?
Erlöst es von der Qual?
Und welchen Preis zahlt dieser Mann,
der ihm sein Leben stahl?
Er fährt wohl weiter, einfach so,
und ärgert sich vielmehr,
über die Delle in dem Blech
von seinem BMW.
Was ist der Tod? Was ist er wert?

Das, was man ihm beimisst.
Und stirbst du einsam und allein,
wenn keiner dich vermisst,
dann bist du nicht mal so viel wert,
wie dieses arme Tier,
weil ich es immer sehen werd,
wie es vor mir krepiert.

Wir wollen glauben, dass ein Tier
nicht so viel Leben in sich trägt.
Dass da nicht so viel Welt, Gefühl
in seinem Herzen schlägt.

Es soll sich fügen, einfach siechen
und nicht in das Gewissen kriechen.
Bedeutung hat allein der Mensch.
Der tötet, stirbt und einfach fortfährt."

Max und Melanie

Sandkasten, die große Eiche,
Plattenbau an Plattenbau.
Hundebellen, Hupkonzerte
aus dem Blechlawinenstau.
Mütter schieben Kinderwagen,
tragen Schmuck und Ehering.
Manche tragen keinen Ring mehr,
weil der Vater feige ging.
Kinderspielplatz, Bolzplatzkäfig,
Sonnenschein im Frühlingsrot.
Teenager in Jogginghosen,
Sixpack aus dem Angebot.
An der Ecke Wilfrieds Kiosk:
Zigaretten, Sportbild, Schnaps.
Currywurst und Stammplatzhalter.
Ihnen ist es Heimersatz.
Etwas weiter, etwas Liebe:
Rote Letter, Samtvorhang:
"Erst ab 18, Peepshow täglich"
steht gedruckt am Ladenrand.
All das in paar hundert Metern
neben Kindern, die dort spieln.
Und daneben Hippie-Hipster,
die paar Tofuwürstchen grilln.

Wieder Sandkasten. Die Eiche.
Max spielt hier mit Melanie.
Er ist 5 und sie ist … älter.
Fragen konnte er das nie,

denn er hat es mal gehört:
Frauen darf man es nicht fragen,
wie lang ihre schönen Herzen
schon auf dieser Erde schlagen.
Er hilft ihr beim Förmchen tragen.
Spielt Verstecken nur mit ihr.
Damit sie ihn leichter findet,
läuft er nicht weit weg von ihr.
Ihre Mütter sitzen abseits,
reden über Prominenz.
Halbes Auge auf die Kinder,
halbes hängt am Smartphonenetz.

Max will heute etwas wagen,
denn er wollt es lange schon.
Presst die Lippen fest zusammen,
küsst sie und rennt schnell davon.

Liebe, dieses große Wunder,
das den Rest so nichtig macht.
Wegen ihr schreibt man Gedichte,
wegen ihr bin ich heut wach.
Nur mit ihr steht man auf Bühnen
und sie fließt ins Mikrophon.
Wagt ein wenig mehr zu lieben.
Unter uns: Das reicht doch schon.

Schummerlicht im Jugendhaus.
Diskokugeln dreht sich träge.
Aus den Boxen fließt Musik;
Hip-Hop, Pop in Beat-Bass-Schläge.

An der Theke Mischbier-Schlangen.
Viele haben vorgeglüht.
Weshalb sie die trübe Birne
gradlings auf den Dancefloor führt.
Mädchengrüppchen tuscheln schreiend,
um den Lärm zu übertön'.
Jungs die erstmals vage ahnen,
welche Reize sie betörn.
Paare finden sich zusammen.
Seichter, leichter Schmusepop.
Und manch einer, der heut Abend
auf noch mehr als Tanzen hofft.

Jahre später, Datingbörsen,
Liebeschaos im Egowahn.
Ideale platzen schmerzhaft,
wenn man nur ein Mensch sein kann.
Eifersucht, verletze Herzen,
die im Schmerz des Gesterns wühln
und verschlossen nichts mehr wagen,
warten ängstlich, unterkühl'n.
Ein paar finden sich zusammen,
binden sich ein Leben lang.
Zwischen Arbeitsstress und Pflichten
knüpft sich ein Familienstrang.
Kinderzimmer eingerichtet,
Kinderwagen eingekauft
und so viele kleine Dinge,
die ein Mensch zum Leben braucht.
Täglich, routiniert und müde
abends auf der Couch zu zweit,

die allein genügen würde.

Ehepflichten, Kinder wachsen,
halbes Auge genügt.
Sandkasten, die große Eiche,
die seit Jahren nicht mehr blüht.

Irgendwie war es doch anders,
damals, als man jünger war.
Irgendwie war da doch Liebe.
Heute ist sie nicht mehr da.

Liebe, dieses große Wunder,
das den Rest so nichtig macht.
Wegen ihr schreibt man Gedichte,
wegen ihr bin ich heut wach.
Nur mit ihr steht man auf Bühnen
und sie fließt ins Mikrophon.
Wagt ein wenig mehr zu lieben.
Unter uns: Das reicht doch schon.

Fast ein Leben lang zusammen,
mehr als 60 Jahre treu,
fällt das Leben nicht mehr einfach,
doch sie kämpfen täglich neu.
Nicht mehr viele Tage übrig,
darum schätzt man jeden Blick,
jede kleine schöne Geste,
die man still einander gibt.
Doch auch Lebensfreude bleibt;
jeder Greis ist auch ein Kind.

Wenn er ihr die Zunge zeigt,
ihren Mund zum Lachen bringt.
Und was diese Kinder können,
können sie natürlich lange.
Er hält ihr die Türe auf,
stellt sich in die Warteschlange.
„Double Whopper, Pommes, Cola",
er setzt ihr die Krone auf.
Sie ist immer noch Prinzessin
und er Prinz im Silberstaub,
der die Haare grau gefärbt hat,
aber heute sind sie jung.
Wie im Sandkasten von damals,
holt er wieder etwas Schwung,
lockert das Papier vom Strohhalm,
sieht sie an, bis sie kapiert
und mit streng gespielter Mine
seine Freude reflektiert –,
dass er sie nun grinsend neckt,
als er den Halm zum Munde trägt,
die Lippen leicht zurecht bewegt
und das Papier zu ihr entgegen pustet.
Sie hält die Hände vors Gesicht,
schaut schüchtern zu ihm auf, und sieht
wie er ihr etwas gibt:
Einen Cookie, Schokostückchen drauf.

Liebe, dieses große Wunder,
das den Rest so nichtig macht.
Wegen ihr schreibt man Gedichte,
wegen ihr bin ich heut wach.

Nur mit ihr steht man auf Bühnen
und sie fließt ins Mikrophon.
Wagt ein wenig mehr zu lieben.
Unter uns: Das reicht doch schon.

Das Gegenteil einer Erinnerung (Ihre braunen Augen)

Der erste Duft liegt unverfänglich
auf ihrer Haut, sie spürt es endlich,
Vergänglichkeit und fremde Hände,
die dieses Bild gekonnt vollenden.
Die diesem Bild die Farben geben,
die Pinselstriche tragen Leben.
Erdacht erfühlt,
erfühlt erdacht
von seinem Geist, der ihn erschafft,
der das erschafft, was ihn ausmacht.
Die Vision,
wie sie ihn schon
seit Jahren quält,
seit Wochen fordert
und nachts in weißen Träumen lodert.

Da ist ein Raum, der kalt und leer
den Sog der Neugierde mehrt.
Die Wände tragen feine Risse,
der Boden ist aus Pergament.
Wenn er das Auge nah heranführt,
fließt eine Schrift, die erkennt.
Dort steht, in einer fremden Sprache,
in ungeschickter kleiner Schrift
der Text, den er mal schreiben wollte,
als er noch nicht zu Pinseln griff
und die Gedanken, die Gedichte,

die unstillbare Flut, den Strom
der Worte, Bilder, Düfte, Leben,
Gedanken, die Dekaden schon,
Jahrhunderte, vielleicht Jahrtausend
von Mensch zu Mensch beständig gehn
und nur in wenigen Versuchen
gekonnt für alle Zeit bestehn.
Und er versucht sie zu entziffern,
die Schrift,
doch es gelingt ihm nicht.
Die Sprache, die so ähnlich der scheint,
die er seit vielen Jahren spricht,
ist missverständlich, widersprüchlich,
symbolhaft, metaphorisch dicht.
Nur einzelne Passagen tragen Sinn,
der in der nächsten Zeile bricht
und flieht, ihm schallend Hohn lacht,
im Ton von Spott und Arroganz.
Wer dieses schrieb, tat es für sich nur,
im Egowahn getränkter Glanz.
Wie Tau auf Feldern, wenn die Sonne
zum ersten Mal die Erde küsst
und Strahlen sich in Perlen spiegeln,
das weiße Licht die Schwärze grüßt,
erobert sich für ein paar Stunden
den Raum, den es zum Leben braucht,
und eben jener Raum zerspringt nun,
als es aus seinen Träumen taucht.

Die Augen auf, der Wecker klingelt,
der Tag ruft laut, er ignoriert,

er dreht sich und versinkt in Kissen,
als dieses Läuten lauter wird,
WIRFT er den Wecker gegens Fenster,
es splittert, bricht und rieselt treu
gen Boden, wo es Ruhe findet.
Nun glitzern ein paar Scherben neu
im Rahmen, der am Rande scharfe
und harte Strahlen reflektiert;
wie jene in den Morgentropfen,
im weißen Raum, was klarer wird,
was deutlich scheint, wie er empfindet.
Das ist die Fährte, die er braucht.
Und er betrachtet diese Scherben,
versinkt und taucht so schnell nicht auf.

Nach einer Weile, vielleicht Stunden,
stört ihn ein Klopfen an der Tür.
Er macht sie auf und sieht ein Lächeln,
zwei braune Augen leuchten für
die Hände, die er seine nennt,
den Mund, der seine Worte trägt,
die Brust, die seinen Herzschlag hält
für eine leere weiße Welt.
Sie küsst ihn und umarmt ihn fröhlich,
als wären keine Worte nötig,
als wäre alles selbstverständlich
in dem Moment, sie spürt es endlich,
Vergänglichkeit und seine Hände,
die dieses Bild gekonnt vollenden.

Im Grunde hat er nichts erfunden,

sie kam zu ihm an einem Tage
in einem kleinen Bücherladen,
wo Schmöker staubig Schmöker stützen,
Regale fast von Fabeln stürzen,
unter der Last der Phantasie
in Form von Prosa, Poesie,
die tausend fremde Herzen schlugen,
die tausend fremde Köpfe dachten
und unter Leiden und Entbehrung
auf leere, weiße Seiten brachten.
Sie war nicht eine unter vielen,
sie wurd aus vielen zu der einen,
aus tausenden gesäten Samen
sah er die eine Pflanzen keimen.
Sah er die eine klare Farbe,
komplementär zu seinem Ton,
zur Note aus Lavendelblüten;
er die Narzisse, sie der Mohn.
Nachthyazinthen und Jasmin,
in Rosenöl und Rosmarin.
Orangen-, Aprikosenblüten,
in Nelke, Moschus, Mirabellen.
Und das Bouquet konnt nichts entstellen.
Nicht einmal, dass er gar nicht wusste,
um all die Namen dieser Düfte.
Als ob man etwas wissen müsste,
wenn man doch lieben lernen kann.

Und er ersann, er komponierte,
er malte ihre Züge nach
und nach und nach wurd sie sein Kunstwerk,

er sah sie, wie sie keiner sah
und sie wollte gesehen werden,
so gläsern ehrlich wie sie war.

Seht sie doch an wie sie dort liegen,
in ihrer kleinen, blauen Welt.
Und unter Decken sich verstecken,
mit Lippen um die Lügen bitten,
bis Liebesworte sie betäuben
und Endorphine Enden leugnen.

Sie lieben sich in dem Moment,
wenn rings um sie der Himmel brennt,
die Welt zu einer Perle wird,
die zwischen kalten Fingern schmilzt.
Ihr Schlüsselbein wird ihm zur Klippe.
Ihr Leib zum tiefen, weiten Meer.
Er taucht in sie, die Fingerkuppen
gleiten so leicht, lasten so schwer
und schleudern Blitze in die Wellen,
die gegen kalte Felsen schlagen
und Freyas wildgewordnes Wüten
mit stiller Hingabe ertragen.

Dann wird er ruhig, der Sturm legt sich
und ihre Wärme wird ihm Sonne.
Ihr Atem bleibt ein leichter Wind,
der ihn umschließt, beruhigt und wiegt.
Ihr Rücken stützt ihn
und ihr Haar ist weiß wie Schnee.

Die Nacht vergeht in ihren Augen.
Ihr Aufschlag trägt den Tag herbei.
Einander halten zwischen Kissen
und hoffen, es geht nie vorbei.
Dass sie vielleicht das eine Märchen
in tausend falschen Spielen sind,
dass ihre Liebe halten könnte,
für mehr als den Moment bestimmt.

Ich hätt sie gerne lieben lassen,
aber ihr Herzschlag drängt nach vorn.
Sie liebt die Wärme seiner Hände,
er liebt nur jenes, was sie form'n.

Und was am Ende übrig bleibt,
ist nur ein Bild, das Liebe zeigt.
Für fünf Minuten Ewigkeit
und ihre braunen Augen.

Bilder auf Papier

Deine Lippen mal ich rot
und die Augen bräunlich grün.
Deine Brauen schauen schwungvoll
und verlaufen neulich dünn.
Kleine rote Pünktchen bleiben.
Kleine rote Pünktchen zeigen,
du hast Härchen ausgezupft,
in dein Spiegelchen geguckt.

Du bist schön, schön, wenn du lachst,
kindlich, frech und ohne Rast.
Ehrlich, laut und ohne Scham.
Bevor diese Wolke kam.

Sie ist schwarz wie Smog aus Schlotten.
Schonungslose Wogen toben.
Zwischen alpenhohen Hochs
sind die Tiefen bodenlos.
Karabinerringe reißen,
Rettungsseile spannen, halten,
schneiden tiefer in das Fleisch,
als es jede Wunde zeigt.
Bleibt die Zeit auf Bildern stehen,
vielleicht werden wir verstehen,
wenn die Farbe dann verblasst,
sag ich endlich ehrlich: Schatz.

Du malst Bilder auf Papier,
stundenlang und zeigst sie mir.

Tage lang und zeigst sie mir,
denn sie sind der Weg zu dir.

Zwischen Schweigen, Weinen, Schreien,
sind wir zweisam ganz alleine.
Sind wir Kinder in der Welt,
die sich dreht und niemals hält.

Diese Wände sind so weiß,
so verschlossen, der Beweis,
dass von hier nichts fliehen kann
und die Pfleger sagen dann,
dass es Wochen dauern kann,
dass es Monate verschlingt,
bis du wieder etwas lachen,
etwas Leben atmen wirst.

Und ich bin doch schon so müde,
so unfassbar, ehrlich müde.
Ich seh deine trüben Augen,
die mich ungeschickt belügen,
die mir sagen, es wird besser.
Nichts wird besser sagt dein Wort,
das sich jeden zweiten Abend
in mein Ohr am Hörer bohrt.
Deine Stimme, halb gebrochen,
sagt, es wäre grad ein Tief,
in das dich die schwarze Wolken
jeden Abend mit sich zieht.
Auf der Brust lastet ein Brocken.
Du lagst heute nur im Bett.

Hast an meinem Hemd gerochen,
das macht die Entfernung wett.
Jeden Tag ein neuer Kampf.
Heute bleibst du wieder liegen.
Wieder schaffst du es nicht raus,
wenn die Schatten überwiegen.
Ärzte geben dir Tabletten,
die die Schluchten ebnen sollen.
Apathie in kleinen Dosen,
Agonie zum leben wollen.
Seh dich an und kann nichts machen,
kann nicht helfen, außer warten,
außer da sein und verstehen,
dass die Tage stumm vergehen.
Dass die Nächte ewig währen
und der Drang zu leben schwindet,
und nichts mehr als meine Stimme
dich an dieses Leben bindet.

Du malst Bilder auf Papier,
stundenlang und zeigst sie mir.
Tage lang und zeigst sie mir,
denn sie sind der Weg zu dir.

Zwischen Schweigen, Weinen, Schreien,
sind wir zweisam ganz allein.
Sind wir Kinder in der Welt,
die sich dreht und niemals hält.

Diese Wolken über dir,
sie verschlingen mich mit in sich.

Ich trag dich auf meinen Schultern,
doch die Steigung endet nicht.
Dieser Berg, er scheint unendlich.
Meine Beine wiegen schwer.
Meine leichten Stimmungsgleichen –
ich beherrsche sie nicht mehr.
Seh mich an und sehe nichts mehr,
ich erkenne mich nicht mehr.
Laufe gegen diese Schmerzen,
tauche in das weite Meer
dieser Nächte ohne Ende,
dieser Worte ohne Sinn,
und ich laufe immer weiter,
bis der Schmerz im Schmerz verschwimmt.
Immer schneller, immer schneller,
noch ein Schritt, die Lunge brennt,
immer schneller, immer schneller,
bis mich niemand feige nennt.
Ich will weg, es geht noch schneller,
nein ich spüre gar nichts mehr,
wie mechanisch meine Beine
und ich fliege im Moment,
wenn der Wind um meine Ohren
deine Stimme mit sich nimmt,
wenn das Brennen in den Gliedern
endorphingesättigt klingt.

Noch ein Schritt und ich kann fliegen,
ich kann fliehen vor mir selbst.
Tiefe Atemzüge klingen,
wenn der Schritt ins Stehen fällt.

Alles brennt und alles pocht,
ich bin da, doch laufe noch,
laufe weiter auf Papier,
lauf und ende dann bei dir.
Du hältst mir ein Blatt entgegen,
lächelst stumm und schaust verlegen.
Auf dem Blatt bin ich zu sehen
und ich renne dir entgegen.

Diese Krankheit frisst die Menschen,
die den Kranken wirklich lieben,
helfen wollen, doch nicht wissen,
wo sie selber Hilfe kriegen.
Schweig nicht, rede, es gibt Wege,
es gibt Menschen, die dir helfen.
Denn alleine schafft es niemand,
diese Hölle zu beenden.

Nichts Neues

Ich schaue kaum noch aus dem Fenster.
Dort gibt es eh nichts Neues mehr.
Die Schatten brauner Gespenster
erstarken im gehetzten Meer

aus Ignoranz und Angst als Waffe.
Gerichtet gegen Menschlichkeit.
Denn wir sind leider zu viel Affe
und die Banane ist nicht weit

und schnell gefressen – ist doch lecker,
und sättigt rasch die arge Not.
Wir streiten nicht über Geschmäcker.
Wir fressen aus dem Angebot.

Was hat sich bitte denn verändert?
Geschichte, die sich zyklisch dreht?
Wir haben alles durchgegendert
und zu den Akten abgelegt.

Wer dirigiert die Meinungsmassen?
Von links, von rechts und aus dem Krieg.
Im Egowahn den Hass verfassen,
weil's scheinbar keine Grenzen gibt.

Der Krieg mit sich ist meist am schwersten.
Und viele geben kampflos auf.
Verschanzen sich bis Bunker bersten.
Verharren im gehetzten Lauf

von Pflicht, Vergnügen, Pflicht und Schulden:
In Emotion und Kontostand.
Die Existenz hängt an den Börsen.
Dort kauft man Leben, Öl und Land.

Benzinpreis fällt ins Bodenlose.
Wir fracken uns um den Versand.
An jeder leeren Coladose
hängt Leben, Öl und eine Hand,

die jeden Tag an Hunger leidet.
Und diese Masse wächst geschwind.
Was uns von ihnen unterscheidet?
Der Zufall, der das Land bestimmt,

in dem ein Kind der Welt begegnet.
In dem es lernt und wiederholt,
was ihm der große Mann entgegnet,
der wiederum sein Wissen holt

aus Tradition, Kultur und Sitte.
Gerade haben wir das Glück.
Und es soll keiner ändern. Bitte!
Es gibt kein Vor und kein Zurück.

Der Status quo soll einfach bleiben.
Wir merkeln uns so einfach durch.
Aber wenn Merkel was entscheidet,
dann bricht sie aus, die große Furcht.

Und Affen zittern um Bananen,
die morgen vielleicht höher häng'n.
Und der Primat fängt an zu ahnen.
Gerücht und Vorurteil vermengt.

Dazu ein wenig überreife,
schon etwas braune Früchtepracht.
Alternativen, leicht zu greifen:
Mit faulen Sprüchen an die Macht.

Aber Geschichte geht in Zyklen.
Die Fakten füllen Akten schwer.
Dort stehen auch die ganzen Mythen,
mit denen damals Albert Speer

und Co. gerüstet haben sollen.
Aber wer weiß das so genau?
Was die uns da erzählen wollen …
Verrückt, wer denen alles glaubt.

Die Lügenpresse druckt die Bücher,
gegendert ja, und schlimmer noch:
Die binden uns bald ihre Tücher
Muslimas gleich um unsren Kopf.

Das lernen unsre armen Kinder
in Schulen. Werden da verdummt.
Sie folgen diesen Judenschindern
vor denen unser Volk verstummt.

Aber wir nicht, wir wählen Führer,
die noch dem Deutschen dienlich sind.
Mit uns bleibt alles so wie früher.
Wir sind zur Übermacht bestimmt.

Die werden es noch bitter büßen.
An unsren Frauen U-A-A-A.
Wir werden sie mit Waffen grüßen.
An Grenzen schießen U-A-A-A.

Ich schaue kaum noch aus dem Fenster.
Dort gibt es eh nichts Neues mehr.
Die Schatten brauner Gespenster
erstarken im gehetzten Meer

aus Ignoranz und Angst als Waffe.
Gerichtet gegen Menschlichkeit.
Denn wir sind leider zu viel Affe
und die Banane hängt nicht weit.

Wie Goethe sagte:
Moderner Krieg, solang er dauert,
macht viele unglücklich. Und dann
niemanden glücklich, wenn er endet.
Was man daraus erkennen kann?

Wohl viel und nichts: Es sind nur Zeilen.
Die heute kaum noch einer liest.
Weil sie in alten Schränken weilen,
die uns der Alltagswahn verschließt.

In Zeiten, wenn man keine Zeit mehr
noch dafür hat, sich zu besinn',
ist es kein Wunder, dass wir treiben
im Meinungsmeer vom Strom bestimmt,

der Ignoranz und Angst als Waffe
gerichtet gegen uns ertränkt.
Kein Ufer scheint die Flut zu raffen
und niemand, der uns Rettung schenkt.

Wir flüchten vor uns selbst und werfen
mit Hass, Rassismus, Vorurteil,
wie Affen mit der eigenen Scheiße
und werden immer brauner, weil

hysterisch heischende Verhetzer
die Stimmung heizen in dem Land.
Bis es letztendlich falsche Ketzer
endgültig setzen unter Brand.

Die wahre Last liegt wohl bei denen,
die alles sehen und verstehn.
Die Dinge dulden und hinnehmen,
so wie sie eben grad geschehn.

Was bleibt am Ende noch zu sagen?
Wird sich Geschichte wiederholn?
Was nützen diese leisen Fragen
gegen die lärmenden Paroln,

die grade wieder durch die Straßen
marschieren und den Hass borniern?
Sind wir nun von Vernunft verlassen?
Was wird in diesem Zoo passiern,

wo affenähnliche Gestalten
sich aufrechtgehend menschlich fühln?
Wie sich die Massen wieder spalten
und hasserfüllte Laute brülln.

Ich schaue kaum noch aus dem Fenster.
Dort gibt es eh nichts Neues mehr.
Die Schatten brauner Gespenster
erstarken im gehetzten Meer

aus Ignoranz und Angst als Waffe.
Gerichtet gegen Menschlichkeit.
Denn wir sind leider zu viel Affe
und die Banane hängt nicht weit.

An weißen Tischen

Im Reich der Bücher. Weiße Tische.
Die Stühle hart, aber bequem –
hier lesen Menschen, weil sie wollen …
oder müssen.
Von außen kann man es nicht sehn.

Gedämpfte Schritte. Leises Flüstern.
Das Licht liegt schwer über dem Tisch.
Auf dem ein Dutzend alter Bücher,
aus denen er das Wissen fischt,
das er für seine Zukunft nötig,
zum Überleben nötig hat,
und darum lernt er jeden Abend,
bis seine Geisteskraft versagt.
Dann stapelt er die Bücher auf,
packt alles ein und geht hinaus.
Der Mann am Ausgang kennt ihn gut
und winkt ihm zu,
weil er immer als Letzter geht.

Am nächsten Morgen Arbeitsalltag –
es regnet und der Rücken schmerzt.
Die Kisten müssen immer hoch
und immer hoch
und eine noch und eine noch –
so geht die Schicht zu Ende.
Dann wieder Uni, lesen, lernen,
und büffeln für den einen fernen
Tag, wenn er den Abschluss vor sich hat.

Dann darf er endlich leben.

Der Aufenthalt wird nicht verlängert,
in seiner Heimat tobt der Krieg,
die nun so fern neblig liegt.
Er kann sie kaum noch sehen.
Und jede Nacht das gleiche Bild,
im Schlaf, das vor den Augen schwingt:
Wie seine Mutter ihn wegstößt
und sagt, er wäre nun erlöst,
erlöst vom Fluch der Armut.

Was gestern war, ist nicht mehr da.
Ist es noch wahr und überhaupt zu glauben?
Ich schaue weiter und seh zu,
dass ich für mich das Beste tu.
Was mich ein wenig höher hievt
und noch ein bisschen Hoffnung gibt.
Und ich kann alles werden, was ich nicht bin.

Er hat die Uni abgeschlossen
und sucht nun hoffnungsvoll entschlossen
nach einem Job, der besser ist,
am besten im Büro
und so
bewirbt er sich, wird abgewiesen,
auf Stellenmangel hingewiesen,
die Wirtschaft macht gerade Miesen,
da ist es nicht so leicht.
Aber wer lange sucht, wird fündig,
es wird ja schließlich oft gekündigt,

die Konkurrenz ist eklatant,
Moral den Bossen unbekannt.
Wer mehr für wenig leisten will,
wird angestellt,
so läuft's halt in der Arbeitswelt
und wem dies Unrecht nicht gefällt …
kann gerne Lotto spielen.

Da ist er nun, der große Tag,
im Reich der Zahlen, weiße Tische.
Die Stühle weich dazu bequem,
hier tippen Menschen weil sie wollen …
oder müssen.
Von außen kann man es nicht sehn.

Der Arbeitsalltag ist entspannt,
die Maus liegt fest in seiner Hand,
die Augen huschen übern Schirm
und leiten Zahlen ins Gehirn.
Der Rücken ist ein wenig krumm,
doch tut nicht weh.
Und Regen gibt’s hier nicht.

Die Melanie von nebenan
schaut ihn immer so freundlich an
und irgendwann
spricht er sie an.
Dann kommen Kino und Café,
es ist verständlich abzusehn,
dass sie zusammenpassen.
Sie nennt ihn immer Schokobär.

Und Schokobär mag Pupsi sehr,
wie er sie immer nennt.
Es ist die Liebe auf den Blick,
der nur für sie der erste ist.
Für ihn ist alles etwas anders,
denn er braucht den Pass.

Was gestern war, ist nicht mehr da.
Ist es noch wahr und überhaupt zu glauben?
Ich schaue weiter und seh zu,
dass ich für mich das Beste tu.
Was mich ein wenig höher hievt
und noch ein bisschen Hoffnung gibt.
Und ich kann alles werden, was ich nicht bin.

2018, Eheglück,
er schaut auf eine Zeit zurück,
in der er vieles aufgebaut,
geschaffen, mancher wär' erstaunt,
mit welchem Fleiß und Disziplin
er täglich seinen Lohn verdient,
an weißen, harten Tischen.

Er hat drei Kinder,
Melanie ist immer noch bei ihm
und wirklich nie
hat er auch nur daran gedacht,
sie zu verlassen, seine Kraft
zieht er aus ihrer Zuversicht,
die sie ihm täglich liebend gibt.
Es wäre alles so perfekt,

wenn da nicht diese Menschen wären …
Und es wird unruhig in dem Land,
wo er vor Jahren Zuflucht fand.
Das Leid der Welt schwappt über Grenzen,
die Kriege nehmen Überhand
und Menschenmassen fliehen panisch
aus ihrem toten Heimatland.
Und Stimmen werden langsam laut;
wer diese fremden Menschen braucht?
Das Boot ist voll und kentert bald.
Kein Ufer ist in Sicht.

Und eines abends sieht er dann
im Fernsehn, wie ein alter Mann
berichtet aus dem fernen Land,
wo grade Häuser explodieren,
Raketen Leben demolieren.

Die Kamera zeigt einen Zaun
aus Stacheldraht und viele Fraun,
die ihre Kinder zwischen Drähten
in fremde Hände übergeben.
Und beide weinen, schreien, flehen,
sie werden sich nie wiedersehen.
Im Sumpf der Grenzen zwischen hier und dort
ist das der letzte stumme Ort,
wo ihre Leben sich tangieren
und dann im Lauf der Welt verlieren.

Und in den Augen einer Mutter
sieht er die Augen seiner Mutter.

derselbe Ausdruck liegt darin,
derselbe Schmerz, derselbe Sinn:
Die Ruhe, die auf Panik stößt:
Du bist erlöst! Du bist erlöst!
Die Tränen ziehen feine Schatten
in Rinnsalen die Haut entlang.
Ein feines Braun,
vom Sonnenwind gegerbt,
wie nur sein Kontinent es färbt.

Und ihre Hand streckt sich zu ihm
und winkt und stockt und greift die Leere,
in dieser ewig schwarzen Sphäre
spricht sie ihr letztes Wort, sie sagt:
„Und du kannst alles werden, was ich nicht bin."

„Schokobär, die Kinder schlafen jetzt, ich gehe
auch bald hoch.
Ist alles okay? Was hast du?"
„Nichts, Schatz, es ist nichts. Ich bin nur müde."

Er macht den Fernseher aus
und geht mit ihr hinauf.
Morgen ist Montag
und die weißen Tische warten.

Ich wähle AfD

Politik war nie so meins,
ich schau lieber Bundesliga.
Da ist alles klipp und klar
und erklären muss mir niemand,
dass der Ball im Abseits war.
Das verstehe ich auch so.
Aber die – die Anzugträger,
die versteh ich nicht. Wieso
kann man nicht mal klipp und klar
sagen wo der Frosch die Locken hat.
Nein, statt dessen Phrasendreschen,
Fachchinesisch ohne Rast.
Und die dürfen sich nicht wundern,
wenn das Volk die Nase voll
hat und ihnen mal verklickert,
wo lang hier der Hase läuft.
Mensch, die hören nicht mal zu,
was den kleinen Mann bewegt.
Welche Sorge, Angst und Not
in der deutschen Mitte steht.
Und ich bin wirklich kein Nazi,
aber so geht es nicht weiter –
Merkel sagt, wir schaffen das,
bis wir alle kläglich scheitern.
Und wer badet es dann aus,
die da oben? Sicher nicht.
Alles bleibt an uns hier hängen!
Darum steh ich in der Pflicht,

und ich wähle Afd.
Weil ich Angst und Sorgen habe.
Kurt Tucholsky ist mein Name.
Deutscher Pass, der Vater Pole.

Seit September Zeitenwende
und die Schonfrist ist zu Ende.
Nationalgestärkte Mächte
wandern in die Mitte ein.

Volksvertreter, Volkverräter,
Angst geht um vorm schwarzen Peter.
Weil ich die Welt nicht mehr versteh.
Wähle ich die AfD.

Ich bin 28 Jahre,
hab ein Auto und ein Job,
und im Winter, wenn es kalt ist,
eine Decke überm Kopf.
Politik war nie so meins,
ich schau lieber Kabarett,
oder "Heute Show" im Zweiten,
die erzählen so kokett
und verständlich über das,
was den kleinen Mann bewegt.
Welche Sorge, Not und Angst
in der deutschen Mitte steht.
Da muss man noch nicht mal denken,
da ist alles klipp und klar,
wer der Böse, wer der Gute
in der letzten Story war.

Alles mundgerecht serviert,
Schwarz und Weiß orientiert.
Nur gering differenziert,
damit jeder schnell kapiert:
Ja, was in der Welt passiert,
ist schon schlimm, was können wir
gegen diese Kriege machen,
außer sie nicht tolerieren?
Uns ironisch distanzieren.
Witze über Nazis machen,
die die Witze nicht kapieren.
Ja, das löst alle Probleme,
nein, das schafft keine Extreme.
Nein ich bin wirklich kein Gutmensch,
aber so ist doch die Szene.
So ist meine Filterblase,
meine Digitaloase.
In der Wüste unsres Schweigens
riecht es langsam nach Kloake.
Und die Klüfte klaffen weiter,
Angstschweißdünste schweben bleiern
über Gräbern unsrer Freiheit,
die in herbstblühbuntem Eifer
Dekadenz als Note trägt.

Seit September Zeitenwende
und die Schonfrist ist zu Ende.
Nationalgestärkte Mächte
wandern in die Mitte ein.

Volksvertreter, Volksverräter,
Angst geht um vorm schwarzen Peter.
Weil ich die Welt nicht mehr versteh.
Wähle ich die AfD.

Ich will niemanden verteufeln,
Worte in die Wunden träufeln.
Es sind grade schwere Zeiten,
in denen sich die Schranken häufen.
Nicht nur an Grenzen, nein im Köpfen,
wenn viele glauben statt zu wissen,
wenn viele meinen statt zu fragen
und klare Linien vermissen.

Die Volksparteien gibt's nicht mehr.
Wir treiben in dem weiten Meer
aus Ignoranz, Systemverdruss,
Intoleranz und schlichter Wut
mit Apathie und Angst verbunden nutzt man sie,
um Interessen durchzusetzen,
die populistisch Menschen hetzen.

Die AfD ist ein Symptom,
der Ausschlag auf der Haut,
eines zutiefst beschwerten Körpers,
der keine Salben braucht.

Wir brauchen Menschen ohne Angst,
die ihre Stimme nutzen.
Sie nicht nur stumm in Urnen tun
und abends Stirne stutzen,

wenn sie im Fernsehn all das sehn,
was brodelt, explodiert
und dann betroffen toleriert
zum Talkshow-Thema wird.

Wir brauchen Menschen, die verstehn
und weiter als die Blase sehn,
in die sie Facebook manövriert
und algorhythmusblind basiert
nur sehen lässt, was eh gefällt,
es nützt nichts, wer sein Bild verstellt,
es nützt nichts, wer fuck Nazis schreit
und AfD-Satire teilt.

Wir brauchen einen Dialog,
kein Schwarz- und Weiß-Geschrei.
Kein Gut und Böse, sondern das,
was wieder Hoffnung leiht.
Was aufklärt, heilt, die Mauern stürzt,
die in den Köpfen ragen
und vielen eine klare Sicht
versperrn seit vielen Tagen.

Wir brauchen dich,
der ohne Angst die Zukunft anvisiert
und nicht nur sieht sondern versteht,
dass es nicht besser wird,
wenn man die andren machen lässt.
Das hier geht jeden an,
der seinen Kindern noch ein Land
zum Leben bieten kann,

das nicht verseucht und radikal,
rechtsextremistisch asozial
zum Abbild der Geschichte wird,
vom deutschen Mal, das niemals stirbt.

Wir brauchen Kunst,
die wachsam bleibt.
Die nicht verzerrt und nicht verschweigt.
Die aufgreift und nicht locker lässt.
Du machst den Rest!

Du hast die Wahl

Ich wollte etwas Neues schreiben.
Ich wollte schreiben und nicht schweigen.
Ich wollte mir, nur mir, beweisen,
dass ich noch schreiben kann in Zeiten,
wenn Kunst nur noch eine Fassade,
ein stummer Schrei im Lärm der Schlacht,
die nur verschleiert und verleitet
zu stummem Nicken in der Nacht,
der keine Sonne mehr gewachsen,
der keine Hoffnung mehr entsteigt,
weil wer von andren Dingen dichtet,
Verbrecher gleich darüber schweigt,
was auf der Welt in argen Sparten
seit Jahren läuft, seit Jahren häuft
der Mensch den Berg der Missetaten.
Und was ich sage, ist nicht neu.
Es wurd schon oft dazu gedichtet,
es wurd so viel dazu gesagt,
dass jetzt ein neuer Text darüber
nur müde mahnend an euch nagt.
„Das kennen wir, das weiß doch jeder.
Es läuft halt Vieles falsch, mein Gott.
Immer dieselbe alte Leier,
die keinen mehr von Hocker lockt.
Darüber reden hilft doch keinem,
wenn jeder redet und nichts tut.
Was sich nicht ändern lässt, soll bleiben.
Wir akzeptieren, aus und gut.
Wozu in alten Wunden bohren?

Das Salz der Suppen ist verteilt.
Und wem's nicht schmeckt,
der soll's nicht essen,
weil eh nicht viel für alle bleibt."

Klatsche laut, klatsche euphorisch,
klatsche lauter als die Angst.
Weil in dieser miesen Lage
du nichts mehr als klatschen kannst.
Klatsche, klatsche, klatsche, klatsche, klatsche ....
was ist los?
Denn wenn wir klatschen, sind wir einig,
angstfrei, der Applaus ist groß.

Jetzt kommt die Moral des Textes,
damit jeder klar versteht,
worum es dem Bühnendichter
auf der Bühne bildlich geht.

Sarkasmus hilft, wenn Wahrheit wehtut.
Und Ironie wird Spiegelbild
von dem, was wir tagtäglich sehen,
und übersehen, halb so wild.
Ich glaube, es wird weitergehen,
ob mit uns oder ohne uns.
Und habt ihr Fragen, ist die Antwort:
Ich mache nur ein wenig Kunst.
Um euch den Abend zu versüßen.
Die Dunkelheit hängt heute tief.
Der Winter kommt, der Russe kommt.
Vielleicht ist er ja auch schon da ...

Wir sind doch nur Marionetten,
die gerne was zu sagen hätten.
Wir stimmen ab, wer besser ist,
und sehen stets denselben Mist.
Wir sind doch nur Marionetten,
die Fäden sind uns längst bekannt.
Und trotzdem zappeln alle weiter,
in Freiheit, Gleichheit, Einigkeit.

Ich zappel mit für ein paar Scheine,
dem Bier im Backstage und Applaus.
Denn wenn wir klatschen, sind wir einig,
ein klares Zeichen in dem Chaos
der Welt, die schleierhaft
und undurchsichtig
so viele Menschen ängstlich macht,
weil sie nicht wissen, was sie leitet.
Die fremde Macht, die letzte Schlacht, –
sie ist noch lange nicht geschlagen.
Was draußen läuft, geht uns nichts an.
Wenn Bomben fallen, klatscht nur weiter.
Solang man hier noch klatschen kann.

„Jeder weiß wie er heißt, wie viele wissen, wer sie sind? – Wie viele wollen wissen, wer sie sind?“ – Prezident

Schlaflosigkeit

Schlaflosigkeit
macht sich um meine Lider breit.
Die Nacht schenkt Zeit
zum sich begegnen,
wenn alles schlummert tief und fest,
beginne ich ein Opferfest
der vagen Alltagslügen.

Ich weiß noch nicht,
was mir begegnet.
Mit welchem Fluch
mein Geist mich segnet.
Oft bin ich mir schon Last genug.
Drum weiß ich: Denken ist nicht klug.
Zu viel das Hirn sich zu zermartern,
in eigne Netze zu geraten.
Dort zappelnd atmend Luft verfluchen,
der tiefen Wässer Ruhe suchen.
Doch ab und an, dann muss es sein.
Ich steig ins Selbstverständnis ein.

Das Zimmer dunkel, halbgar da
schleicht etwas Mondlicht durch das Fenster,
an den Gardinen zahlt es Zoll,
gar ärmlich fällt es zu mir nieder,
erleuchtet meine fahlen Glieder

und schenkt dem Auge halt.
Die Silhouetten trauter Schränke,
Regale voller alter Bücher,
vergilbt, geknickt, nur die Gerüche
bezeugen ihren weiten Weg,
den jedes hat zurückgelegt,
um meiner Muße Sinn zu reichen,
auf dass die Schwermut von mir weiche.
Dass ich nicht aus dem Alltagsschund
zu Sorge hätte einen Grund.

An ihren Rücken fand ich Halt,
die Ewigkeit lag weit und breit
vor mir und alle, die einst starben,
lebten nun fort in jedem Wort
in den Metaphernfarben.

Ein Dichter lebt für alle Zeit,
solang ihn jemand liest
und das ist mehr als mancher Mensch
zu Lebzeiten genießt.

Der Spiegel lenkt mich wieder ab,
er ist der vagen Lügen Grab.
Der Schein, an dem ich mich so lab,
verfliegt und prallt am Glase ab.
Was sehe ich da? Zwei müde Augen,
die mich in tiefe Sümpfe tauchen.
Dort modert eiternd in Morast,
womit ich mich nicht mehr befasst.
Der ganze Schmerz verdrängt, vergraben,

und niemand soll mich danach fragen.
Ich lache lauter als der Schrei,
der die Fassade trennt entzwei.
Dem Schwerte gleich die Stille sticht,
an dem die Flut des Schweigens bricht.
Jetzt bin ich ehrlich, weil ich muss,
droht doch so nah des Todes Kuss.

Schon gut, ich stelle mich den Schatten,
die hinterm Spiegel auf mich warten.

Da schwebt von links eine Gestalt
und ist schon in der Mitte bald.
Mein Spiegelbild erschrickt doch sieht,
Erkennen zeichnet mein Gesicht:
Ein Junge, dick und ungelenkt,
zu viel der Zeit mit sich verschenkt,
die Augen groß und vorwurfsvoll,
das Haar pechschwarz, von Locken voll.
Er sagt:
Du bist ein feiger Egoist,
der mit sich selbst zufrieden ist.
Was schert es dich, was andre fühlen,
wie sie in ihren Seelen wühlen
ist dir so fremd und so absurd.
Du bist der König deiner Burg.
Der Eremit, die Witzfigur,
die wie im kleinen Prinzen stur
auf ihrem Thron die Leere hütet
und überm eignen Schweigen brütet.
Und Gräben nehmen dir die Angst,

dein Zugtor rostet fest.
Du schweigst, weil du nichts sagen kannst,
kein Wort den Mund verlässt,
das nicht Zynismus, Ironie,
zu viel von Wahrheit trüge.
Du bist ein Narr, an Weisheit reich,
doch lebst dank einer Lüge.

Ich grabe tief und laufe weit –
wohin? Ist doch egal.
Ich kenne mich zu gut, darum
bin ich mir eine Qual.
Ich steh auf Bühnen wie ein Clown,
das Lachen falsch und kalt.
Der Sinn des Seins, ein flacher Witz,
der durch die Leere hallt.

Zurück zur Nacht, zum Spiegelbild,
das vor mir wieder wartet.
Doch jetzt kein Schatten neben mir,
kein Geist und Seele martert.
Ich seh ein Bild, das ähnlich scheint
dem,
was ich Ich benenne.
Doch ist es faltig, alt und trist.
Der Mann, den ich erkenne
spricht leise, flüstert fast schon laut
und schreit nun ohne Stimme:
„Erkennst du mich, sieh mein Gesicht!
Wenn ich von vorn beginne,
wird es ein langer Monolog,

doch du hörst dich gern reden.
Drum hör mir zu, ich weiß Bescheid
von dir und deinem Leben.
Seit 20 Jahren steh ich schon
auf Bühnen und erzähle
in Reim und Vers aus meinem Herz
die Themen, die ich wähle.
Und ich gewinne, bin berühmt,
bewundert und bestaunt.
Doch der Applaus ist nur ein Hall,
der durch die Leere raunt.

Was macht dich glücklich,
weißt du es?
Ich hab's nicht rausgefunden
und drehe jetzt im Hamsterrad
der Pflichten meine Runden.
Was so verlockend bunt erschien,
verblasst, geht es um Geld.
Und ohne Geld geht es nicht mehr,
denn wenn der Groschen fällt,
dann wenden sich die Freunde ab,
die niemals Freunde waren.

Für manche ist Respekt ein Wert,
für andre zählen Zahlen.

Sie neiden dir jeden Erfolg,
ja jeden guten Reim.
Hinter dem Rücken reden sie
und lästern insgeheim.

Ja es ist …" „Halt den Mund!
Erkennst du es denn nicht?"
Ich unterbreche ihn erbost
und falle ihm ins Wort:
„Wieso bist du so Hass erfüllt?
Der Frust, der an dir bohrt,
ist nur ein Spross der Phantasie,
durch Vorurteile genährt.
Du bist gekränkt doch weißt nicht mal,
was deine Seele wärmt.

Ich glaub dir nicht, denn du bist nur
der Dämon dieser Nacht.
Das Resultat der letzten Zeit.
Der Frust, der an mir nagt."
Er sagt:
„Es mag schon sein,
dass ich nur Frust und schlechte Laune bin.
Doch tief in dir weißt du genau,
das was ich sag, macht Sinn."

„Zynismus hilft, wenn Wahrheit schmerzt
und Ironie schenkt Trost.
In 20 Jahren wird mir noch
manch andres zugelost.
Von dem ich heute noch nichts weiß,
ja nicht mal wage ahne.
Ich schreibe weiter und seh zu,
dass ich mich manchmal mahne
und nicht vergesse, dass ich mir
durchs Schreiben Luft verschaffe.

Und meine Hölle ist so schlimm,
wie ich sie mir erschaffe.

Ich bin kein Clown, kein Bühnenmensch,
doch stehe nun auf Bühnen.
Und Bühne fordert nun mal Show,
den Lustigen, den Kühnen.
Ich weiß noch nicht recht, wer ich bin
und wer ich werden werde.
Ich weiß nur, dass ich schreiben will
und schreibe, bis ich sterbe.
Das bisschen Leben bleibt mir noch,
schaff Ordnung in das Chaos.

Am Mikrophon in Schwarz des Saals.
Am Ende folgt Applaus.

Adoptivsprache (Ursprungsversion vom Deutschlehrertag in Köln, vom 23.02.2016)

11.04.1923 wird mein Opa geboren,
in der Sowjetunion.
Kleine Stadt Krementschuk,
zwischen gelben Weizenfeldern,
unter einem blauen Himmel,
der mit Wolken reich besät war.
Denn die Zeiten waren schwer,
zwischen jenen großen Kriegen
musste jeder alles geben,
um ein wenig Brot zu kriegen.
Und sein Vater baute Fässer –
Hände groß dem Bären gleich.
Jeder Ring von seinem Finger
hätt bei mir für zwei gereicht.
Die Familie spricht Jiddisch.
Russisch gibt es nicht zu Haus.
Brockenweise, auf der Straße,
schnappt der Junge Wörter auf.
Bis er schließlich in der Schule
lernen muss, was fremd sein heißt,
weil er nicht so gut wie andre
diese fremden Sätze weiß,
die für alle selbstverständlich
und letztendlich unumgänglich sind.
Sind sie doch von ihren Müttern
sprechend für ihr Kind bestimmt.
Doch er lernt und kann bald sprechen
wie die anderen es tun.

So vergehen viele Jahre
und es reicht am Ende zum
Abschluss. Klassenbester.
Lauter Einsen auf Papier.
Doch was nützen lauter Einsen,
wenn der Krieg sein Wort diktiert?
So passiert, dass nur zwei Tage
nach dem Abschluss der Befehl
"Alle Männer an die Waffen"
seine heile Welt befällt.
Die Familie muss fliehen.
Flüchtlingsströme wandern aus.
Suchen hinter Bergen Ruhe
und ein friedliches Zuhaus.
Viele sind noch dort geblieben,
doch mein Opa kam zurück.
Nach dem Krieg beginnt das Leben,
das uns tötet Stück für Stück.

Die Zeit packt meine Koffer schon so lang,
bevor ich geh.
Meine Heimat ist nicht greifbar,
ich begreife, was ich seh.
Was ich seh, ist, was ich werde,
was ich fühle, was ich bin.
Gestern schrieb ich meine Zukunft.
Heute macht sie endlich Sinn.

17.02.1959 wird mein Vater geboren,
immer noch in der Sowjetunion.
Nachkriegszeit, Weltmachtrüsten,

atomare Kindertage
zwischen Ländern, die sich brüsten
mit Doktrinen und Parolen,
um den Klassensieg zu holen,
weil sie Macht und Reichtum wollen,
weshalb wieder Panzer rollen.

Damals gab's noch keinen Krieg.
Damals nicht …

Wenigstens nicht den Globalen,
wie viel Opfer dafür zahlen,
weiß nur Gott, an den man nicht
glaubte voller Zuversicht,
dass allein der Kommunismus
die Erlösung bringen wird.
Und so wächst mein Vater auf,
geht zur Schule und studiert.
Heirat, Arbeit, Kindersegen
und ein ganz normales Leben,
das zwar nicht durch Reichtum glänzt,
aber nicht an Armut grenzt.

Bis die große Union
vor die Hunde geht, der Lohn
ist ein Land in Trümmerteilen,
wo korrupte Wölfe weilen
und sich an Kadavern weiden,
die an Wertverwesesung leiden.
Und mein Vater wird entscheiden:
Hier … hier können wir nicht bleiben.

Damals gab's es noch keinen Krieg.
Damals nicht ...

Also auf ins Unbekannte,
neues Land, das Deutschland heißt.
Ein paar kleinkarierte Taschen
und das Wetter, das beweist,
dass hier alles etwas anders,
etwas fremd und seltsam ist.
Neue Sprache, neue Sitten
und das Wetter etwas trist.
Klare Regeln, Paragraphen,
Ordnung, Sauberkeit und Pflicht
und viel Bier und Schweinebraten,
der mit Sauerkraut besticht.

So wurd Deutschland dargestellt,
so war Deutschland aber nicht.
Etwas Wahres war an Mythen,
doch was alle Mythen bricht,
ist Erfahrung und Erleben
in dem neuen Heimatland,
wo mein Vater für uns alle
eine neue Heimat fand.

Die Zeit packt meine Koffer schon so lang,
bevor ich geh.
Meine Heimat ist nicht greifbar,
ich begreife, was ich seh.
Was ich seh, ist, was ich werde,

was ich fühle, was ich bin.
Gestern schrieb ich meine Zukunft.
Heute macht sie endlich Sinn.

04.02.1989 wird ein Junge geboren.
Zwar noch knapp, aber ja, in der Sowjetunion.
Dieser Junge lernt zu laufen
und die Sprache seiner Eltern.
Erste Jahre waren herrlich
und Probleme gab es selten.
Und ich weiß noch ganz genau,
wie ich in den Himmel schau:
Weiße Wolken ziehn vorüber
und der Himmel endlos blau.
Unser Hof – unendlich groß.
Ich verstecke mich auf Bäumen.
Unbekümmert fliegt mein Lachen
zwischen Häusern. Träume schäumen
auf wie Wellen,
die das Salz des Lebens spritzen.
Ich weiß nicht, was Heimat ist.
Siehst du meine Augen blitzen?

Ohne Wissen, ohne Fragen,
Theorie und Grübelei
ist mir diese Zeit geblieben.
Doch sie war schon bald vorbei.
Und mich fragte damals niemand –
so begann ein neues Leben.
Mit fünf riesengroßen Taschen
nahm der grüne Zug uns mit

und nur ein paar Tage später
macht ich meinen ersten Schritt
in Berlin, der Bahnhof – riesig,
mir war damals noch nicht klar,
dass ich nun ein Fremder war,
der erst lernen muss zu sprechen,
und selbst schon wenn er sprechen kann,
heißt es nicht, dass man versteht,
was ich meint, wie es ihm geht.
Worte sind nur minimale
Laute, Zeichen und Signale,
die für Alltagssorgen reichen.
Was dann bleibt sind noch die gleichen
Missverständnisse und Fragen,
die die Worte überragen.
Und ich merkte, dass ich anders klinge,
anders bin,
dass ich all die neuen Worte
nicht mehr sagenswürdig find.

Und so schwieg ich,
und so blieb ich
lang allein mit mir und dem,
was sich Jahr um Jahr verschärfte
und es wurde zum Problem.
Schule stand nun auf der Kippe,
doch ich schwieg und schwieg und schwieg.
Und sie fragten und ich nickte –
Ja und Nein, was mir noch blieb.
Mir war alles so egal.
Abitur – probiern wirs mal.

Wenns nicht klappt, mein Gott,
dann klappts nicht,
dann werd ich halt Bauarbeiter
oder stehe dann am Band,
fahre Taxi oder Laster
und füll so den Mund per Hand.
Denn am Ende ist's egal,
was ich werde, was ich bin.
Leben wird zum Existieren,
hat man keinen Lebenssinn.

Irgendwie schafft ich mein Abi,
irgendwie drei Komma was
und ich fing an zu studieren,
Vater sagte: Mach jetzt das,
was dir gute Chancen bringt,
später dann in dem Beruf.
Und so wurd Maschinenbau
für die nächsten Jahre Fluch,
ja, und Segen, denn von wegen,
keiner konnte kontrollieren,
ob Geraden mich tangieren,
ob die Gleichungen mich lösen
von dem Kissen und dem Dösen.
Werkstoffkunde? Sicher doch.

Und so hatte ich viel Zeit,
eine ganze Ewigkeit,
unbedacht und unbekümmert
moderte ich vor mich hin.
Um die Zeit dann totzuschlagen,

fing ich mich bald an zu fragen,
was ich denn so machen könnte,
mit der Zeit, die ich jetzt habe
und auch später haben werde.
Mein Gott, noch ein ganzes Leben,
und womit soll man das füllen?

Ich hatt wirklich keinen Plan
und versuchte es sodann
mich an Künsten zu versuchen,
Film sollte mein Leben füllen.
Bald würd ich schon lauthals brüllen,
und Regiebefehle geben.
Kamera und Sound bestimmen
und in fetter Kohle schwimmen.
Steven Spielberg gleiche Werke,
mit viel Emotion und Stärke,
Epen episch präsentieren,
Blockbuster zu Oscars führen.

Händeringend nach “Talenten“,
meistens weiblichen Geschlechts,
Ausschau halten, viel versprechen
und es brechen …
Filmgeschäft.

So drehte ich einen Film,
bewarb mich und … wurde abgelehnt.

Ja, was nun, war dann die Frage.
Es warn keine leichten Tage.

Ziellos wankte ich umher,
denn es fiel mir wirklich schwer,
etwas Sinn in dem zu finden,
was mein Herz mir schüchtern riet.
Was von meinem Glück mich schied.

Ich wollt schreiben,
ich wollt reimen,
ich wollt allen Leuten zeigen,
dass ich mehr bin als ein Fremder,
unverstandner Ausländer.
Dass ich Sinn an Worten bind
und mit ihnen Schönheit find.

Und nun steh ich hier und spreche
als ein Beispiel für Erfolg.
Dass man alles schafft mit Willen,
wenn man seinen Träumen folgt.
Doch egal wie gut ich schreibe,
wie gut ich die Zeilen reime,
ich bleib immer fremd und stumm.
Heute reicht es vielleicht zum
Lob und Schulterklopfer.
Morgen bin ich wieder weg.
Weil gerade wieder brauner Unrat
dieses Land befleckt.

Es geht nicht um Theorie,
integrieren soll man Graphen.
Hier geht es um Menschlichkeit,
jenes, was uns über Affen

und Primaten steigen lässt
und dem ganzen Nazirest.
Wer sich wohlfühlt,
wird auch lernen,
wird verstehen und begreifen,
dass hier viele Perspektiven
mit der Sprache für ihn reifen.

Man muss Kinder motivieren
und begeistert engagieren.
Sinn in dem sehn, was man macht.
Das gibt unsren Taten Kraft.

Bildungsfremde an den Rändern
der Gesellschaft, die nichts ändert.
Doch wir habens in den Händen,
was die Zukunft morgen bringt.

Und ich stehe erst am Anfang
meiner Reise in die Zukunft,
Grade spüre ich den Luftzug,
den die Hoffnung mir noch bringt.

Einer Feder gleich im Wind
flatter, falle, steige, fliege ich
und komme niemals an.
Wo die Reise einst begann,
wiederhole ich die Schritte meines Opas,
meines Vater,
gehe sie und lern von ihnen.

Meine Heimat ist die Sprache,
die ich spreche, die ich dichte,
die ich denke und berichte.
Das hier ist ein Stück davon.

Was wir sehn, ist, was wir werden,
was wir fühlen, was wir sind.
Gestern schrieb ich meine Zukunft.
Heute macht sie endlich Sinn.

Artem Zolotarov wurde 1989 in Donezk, Ukraine, geboren. 1998 siedelte er mit seiner Familie nach Deutschland um. Er studierte Europäische Literatur und Germanistik in Mainz und tritt seit November 2014 bei Poetry Slams auf.
Bis Ende 2017 nahm er an über 330 Poetry Slams teil, von denen er über 100 gewinnen konnte.
2015 wurde er rheinland-pfälzischer Poetry Slam Meister und nahm an den deutschsprachigen Meisterschaften in Augsburg teil.
2016 und 2017 trat er für das Goethe-Institut in Metz und Paris auf.
2018 gewann er die Tuttlinger Krähe, einen der wichtigsten Kleinkunstpreise Deutschlands.

Adoptivsprache ist seine fünfte Veröffentlichung.
2012 erschien *Verstehst du mich?*,
2013 *Für C.*,
2014 *Schmetterlingseffekt*,
und 2015 *Bühnenbilder*.

Weitere Informationen, aktuelle Termine und neue Texte gibt es bei Facebook oder Instragram unter Artem Zolotarov – koollook /artem.poetry
Videos und weitere Arbeiten bei youtube unter koollookpoesie.

Die Hörbuchversion dieses Buches kann bei Liveauftritten oder unter koollook_poesie@gmx.de käuflich erworben werden.

Inhalt

28945018R00054

Printed in Poland
by Amazon Fulfillment
Poland Sp. z o.o., Wrocław